雖萬卉未全部凋零之前趕快書

或看著花笑趕快々々箱子裡找出

我那件薄[illegible]趕快對鏡梳你那

黑又柔的[illegible]於後々懸生的愛

點燃一盞燈我是人

隨時可能熄滅因為風的緣故

昨日。我沿著河岸漫步到蘆葦
彎腰喝水的地方順便請煙囪在天
空為我寫一封長長的信。潦是潦草
了些而我的心意則明亮亦如你窗
前的燭光稍有曖昧之處勢所難免
因為風的緣故此信你能否看懂

洛夫

文學留聲 1

LO-FU

詩・書法・朗讀・音樂・賞析・創作背景

洛夫小傳

洛夫，本姓莫，一九二八年生於湖南衡陽，淡水大學英文系畢業，曾任教於東吳大學外文系，現聘為中國北京師範大學、華僑大學、廣西民族學院等校客座教授。

一九五四年與張默、瘂弦共同創辦《創世紀》詩刊，歷任總編輯數十年，對台灣現代詩的發展影響深遠，作品被譯成英、法、日、韓、荷蘭、瑞典等文，並收入各大詩選，包括《中國當代十大詩人選集》。洛夫著作甚豐，出版詩集《時間之傷》等三十二部，散文集《一朵午荷》等五部，評論集《詩人之鏡》等五部，譯著《雨果傳》等八部。他的名作《石室之死亡》廣受詩壇重視，三十多年來評論不斷，英譯本已於一九九四年十月由美國舊金山道朗出版社出版。一九八二年長詩《血的再版》獲中國時報文學推薦獎，同年詩集《時間之傷》獲中山文藝創作獎，一九八六年獲吳三連文藝獎，一九九一年復獲國家文藝獎。一九九九年詩集《魔歌》被評選為台灣文學經典之一，二〇〇一年三千行的長詩《漂木》出版，震驚華語詩壇，二〇〇三年獲中國文藝協會頒贈榮譽獎，二〇〇四年獲北京首屆「新詩界」國際詩歌獎之「北斗星終身成就獎」。

研究洛夫作品之專著頗多，已出版者有：《詩魔的蛻變：洛夫詩作評論集》、《洛夫與中國現代詩》、《洛夫評傳》、《一代詩魔洛夫》等。

洛夫早年為一超現實主義詩人，表現手法近乎魔幻，曾被詩壇譽為「詩魔」。他近年沉潛於書法之探索，不僅長於魏碑漢隸，尤精於行草，書風靈動蕭散，境界高遠，曾多次應邀在台北、台中、紐約、菲律賓、馬來西亞、溫哥華、濟南、深圳等地展出。現居加拿大溫哥華市。

洛夫

因為風的緣故

洛夫

洛夫

當代名詩人洛夫大師道正

詩是無形的畫
畫是有形的詩

淡江大學文錙藝術中心典藏

李奇茂題字

詩是無形的畫　畫是有形的詩

洛夫・因為風的緣故

目次 CONTENTS

現代詩的美學史

研讀洛夫

◎沈奇

1

閱讀洛夫，既是在閱讀一部現代詩人的精神史，也同時是在閱讀一部現代詩的美學史。

回首二十世紀的中國新詩，山迴路轉，潮起潮落，近百年中加入這創世般的滾滾詩潮中者，有如過江之鯽，不可勝數。而塵埃落定，我們發現太多的仿寫與

故鄉的泥土，伸手可及
但我抓回來的仍是一掌冷霧

複製，以及工具化庸俗化的背離，使新詩作為一門藝術的發展，始終失於自律與自足，難得有美學層面的成熟。我們有太多或淺嚐而止、或執迷不悟的寫詩的人，而缺少藝術與精神並重的詩人藝術家。誠然，一部詩的歷史，是由大詩人和小詩人以及無數愛詩者共同造就的，但真正奠定這歷史的基礎並改變其發展樣態的，是那些經由富於原創性的開啟與拓殖，既拓展了精神空間又拓展了審美空間的傑出詩人——因為他們的存在，歷史方有了穩得住的重心，而新的步程方有了可資參照的座標與方向。新千年伊始，重讀洛夫、重讀洛夫於二十世紀中國新詩的歷史長河，朗然於心的，正是這一種遺憾中的欣慰！

然而，較之臺灣其他幾位傑出詩人，歷史對洛夫的誤讀，可謂最多。一詞「詩魔」的命名，一詞「蛻變」的指認，以及所謂「超現實主義之怪胎」的謬責，「回歸傳統之浪子」的誤讚，歷史解讀中的洛夫，似乎成了移步換形、重心不穩、風格不統一的「多面人」。其實真正的洛夫只有一個，起步於「禪」（早期的〈窗下〉、〈煙之外〉等詩），落步於「禪」（晚近的《雪落無聲》一集），中間是「禪」與「魔」的交錯印證。「魔」之於形，源於洛夫的藝術「野心」，旨在經由多向度的美學追索中，得西方詩質之神而擴展東方詩美之器宇，取古典詩質之魂而豐潤現代詩美之風韻，以求為新詩的「藝術探險」和詩學建設，帶來更多有益於屬於詩這種文體的因素和特質。

「禪」之於心，源自洛夫的本然心性，旨在引古典情懷於現代意識之中，用「東方智慧，人文精神、高深的境界，以及中華民族特有的情趣」（洛夫：〈詩的傳承與創新——《洛夫精品》代序〉），來更深刻地印證現代人，尤其是經受精神和肉體雙重放逐的臺灣前行代詩人族群的歷史之思、時間之傷與文化之鄉愁，以加深現代詩的精神內涵——如此兩面一體，那個視詩為「全生命的激蕩，全人生的觀照，知性與感性的統攝」（洛夫：〈現代詩人的自覺〉）的洛夫何曾多變？而今日再讀其《石室之死亡》，所謂「西化」、「晦澀」的指斥，又有幾處站得住腳？「我作品的血純然是中國的」，雖追慕「詩人是語言的魔術師」之審美風範，但「血的方程式」從來「未變」（洛夫語）；「持螯而啖的我／未必就是愛秋成癖的我」，而「愛秋成癖的我」，也未必就不是那個「持螯而啖的我」（〈吃蟹〉）；「上帝用泥土捏成一個我／我卻想以自己作模型塑造一個上帝」（〈歸屬〉），且「暗自／在胸中煮一鍋很前衛的莊子」（〈隔海的嘯聲〉）。這樣的洛夫——「獨與天地精神往來」而「禪」「魔」互證的洛夫，其實是始終如一的，並在持久而不斷超越的美學追索與精神開掘中，錘打出自己的道路，影響了整個二十世紀下半的中國現代詩的歷史。

2

人類的精神是由情感的爭戰和對意義的冥思所構成的，表現在洛夫的詩歌世界中，這種構成則由「雪白」與「血紅」兩個核心意象，亦即「白」與「紅」兩種主題色調的對立、擺盪與統一所體現。「白」（雪、煙、雨、月、霧、風、灰燼、泡沫、蟬蛻等）代表著出世之傷／時間之傷；「紅」（血、火、燈、酒、虹、太陽、石榴、罌粟等）代表著入世之痛／生命之痛；「白」即「禪」，即「對意義的冥思」，「紅」即「魔」，即「情感的爭戰」，這是洛夫詩歌的兩個母題，也是解讀洛夫詩歌精神的兩把鑰匙。

大陸詩人、詩學家任洪淵在他題為〈洛夫的詩與現代創世紀的悲劇〉一文中，曾將洛夫的創作分為三個時期：一是《石室之死亡》的「黑色時期」，即「原始混沌」

時期；二是《魔歌》的「紅色時期」，即「有色、有形、有我、有物的『血色』的生命」時期；三是《時間之傷》開始的「白色時期」，即「無色、無形、無我、無物的終極的空無」時期。這種分期，其實已包含了「紅」與「白」兩個系列母題，只是單獨將《石室之死亡》看作另一系列。實則「黑」仍是「紅」的變奏，或者叫「紅」的極致，死去的「紅」就是「黑」，而且現在看來，這段特殊的「黑」，也並不「混沌」。《石室之死亡》是洛夫「紅色系列」母題的一次有意味的分延，且帶有明確的精神指向與美學目的。此前的洛夫，其實已寫了不少近莊近禪的「白色詩作」，如〈窗下〉、〈煙之外〉等，與晚年的《雪落無聲》形成回應。然而身處《石室之死亡》時代的詩人，一方面因生存的危機感（冷戰的低氣壓、與家園永絕的痛失感等等）所生成的「勃鬱之氣」，已無法再作「白色」的消解：「天啦！我還以為我的靈魂是一只小小水櫃／裡面卻躺著一把渴死的杓子」（《石室之死亡》之五十九）；一方面，視「寫詩即是對付這殘酷的命運的一種報復手段」（〈石室之死亡〉序）的詩人，也正欲以一次具有穿透力的「藝術探險」，來作一次火山爆發式的生命／生存突圍……這是一場「遭遇戰」，在「橫的移植」之狂飆突進的時代語境中，與西方「超現實主義」

的迎面相撞，只是不期而遇的偶合，且絕非摹寫，而是具有「原質根性」（葉維廉語）的對接：「宛如樹根之不依靠誰的旨意／而奮力托起滿山的深沉」（《石室之死亡》之三），而「由某些欠缺構成／我不再是最初，而是碎裂的海」（《石室之死亡》之一六）這真是一次山呼海嘯般的「報復」與「突圍」，是二十世紀中國詩歌中，對「放逐」與「死亡」主題的最為壯觀和經典的詩性詮釋：化「禪」為「魔」的詩人之思，以「目光掃過那座石壁／上面即鑿成兩道血槽」的穿透力，狠狠地進入精神實體最昏暗的深處，最敏感的渾濁帶，在上意識與下意識的詩性交鋒中，突破語言的籬障，超越語言的邏輯侷限，以密集而懾人的意象，繪製出那個具有象徵意味的特殊時代之紊亂的「心電圖」，像地獄一樣深刻，又處處滲透著一種救贖的情懷。

在洛夫入世之痛／生命之痛的「紅色」精神向度中，《石室之死亡》可謂是「在最紅的時刻」的一次「炸裂」與「灑落」（〈死亡的修辭學〉），一次將歷史的巨大傷口猛力撕開，暴露其全部殘酷與迷惘，以求浴火再生的史詩性吶喊與命名，雖雜亂而不失豐富，雖生澀而不失深刻。若無這一部頗多爭議的傑作，洛夫的「紅色系列」較之其「白色系列」，恐怕就要遜色許多。而「只要周身感到痛／就足以證明我們已在時間裡成熟／根鬚把泥土睡暖了／風吹過／豆莢開始一一爆裂」（〈時間之傷〉之五）。說到底，「那個漢子是屬於雪的」，浴火再生後的那份澡雪精神，已是「如此明淨」（《石室之死亡》之六十三）。

時代在生命之痛的吶喊聲中「炸裂」，更在時間之傷的嘆息聲中寂滅。比起死亡，那「簡單地活著／被設計地活著」（〈豬年二、三事〉），且「浮亦無奈／沉更無奈」（〈雨中過辛亥隧道〉）的放逐人生，才是現代人最常態也最本質的「痛」。「迷失在文化的碎片間，和在肢解的過去和疑惑不定的將來之間彷徨。」（葉維廉〈洛夫論〉）「一仰成秋／再仰冬已深了」，（〈獨飲十五行〉）冷（「灰燼」之「冷」）而且白（「蟬蛻」之「白」），儘管「在體內藏有一座熔鐵爐」（〈無題四行〉之九），但即或尋尋覓覓地攀登到歷史的「絕頂」，找到的終還是「一枚灰白的／蟬蛻」（〈尋〉）。秋意本天成，雪魂自來生，在詩人洛夫，愛秋之淡美，愛雪之純白，一直是他精神世界的底色。從湖南故鄉「冷白如雪的童年」，到北美他鄉，大冰河的「蒼冥中，擦出一身火花」（〈大冰河〉），那雙「雪的眸子」總是及時閃亮在「風過／霜過／傷過／痛過」（〈湖南大雪——贈長沙李元洛〉）之後的生命間歇，點燃禪悟的燈，在〈月光房子〉

裡，將血色的我，「還原為一張空白的紙」，然後〈走向王維〉，〈豬年二、三事〉，在〈時間之傷〉意義之冥思中，「看到自己瘦成了一株青竹」（〈走向王維〉）。

進入洛夫出世之傷／時間之傷的「白色」精神向度中，我們看到，落視於日常、親近於自然的詩人之心之筆，越發顯得自信與老到，可謂德全神盈，游刃有餘，其間一系列精品佳作，可說人皆稱許，少有異議。問題是，洛夫的這種莊禪之「白」，是否就是所謂「回歸傳統」的「幡然悔悟」？其實不然。有品味的讀者自會發現，這種「白」，既是洛夫古典情懷的本色，只需回到，無需「蛻變」，同時也是洛夫現代意識的昇華，是「血的再版」，而非美麗的遁逸。在現代的苦悶和危機中，親近自然，是為了「重建人與自然的和諧關係」，「在自然親和力感染下，發現自我的存在」，「心靈便有了皈依，生命便有了安頓，進而對人生也有了深刻的反思和感悟，因而得以化解生之悲苦。」（〈詩的傳承與創新——《洛夫精品》代序〉），而落視於日常，是為了審度那發自時代和生活更深處的聲音，於尋常生活、日常世界中尋找生命的支點、生存的真義，並在審美愉悅中，豐富和安養我們的精神荒寒。在這寂寞而澄明的「白」

中，在這被寂寞和澄明洗亮了的視域中，我們咀嚼到的，是詩人那一以貫之的孤絕與超脫，並同詩人一樣，「把自身化為一切存在的我，於是，由於我們對這個世界完全開放，我們也就完全不受這個世界的限制。」（洛夫《魔歌》）

總之，設若將洛夫詩歌精神世界的「紅色向度」，看作是為清洗歷史與生命的傷口而展開的話，其「白色向度」，則是為守護現代人心靈的質量而展開——神韻飄逸的禪意美感下，不是生命意識的寂滅，而是生命意識的深化，是雪中紅梅、石中電火，有如詩人老來的風姿：一頭雪峰般的白髮下，是石榴般紅亮的童顏！而尤其需要指出的是，無論是「魔」、是「禪」、是「入世」、是「出世」、是「超現實主義」、是「新古典」，在洛夫，都不是為了添幾件唬人的行頭用以蒙世，而是化入人格、融於生命，成為獨立、自在、自足、超邁的詩性言說。這是大詩人、傑出詩人與仿寫性、複製性的普泛詩人最本質的區別，也是洛夫詩歌世界精神容量大、藝術原創性高、深具影響力和號召力的根本所在。

3

閱讀洛夫，有人本亦即精神的震撼，更有文本亦即藝術的驚艷，且二者水乳交融、和諧共生，使人們真正領略到一位詩人藝術家的創造魅力與寫作風範。洛夫是詩人，也是詩學家，在持續近半個世紀的創作中，除奉獻了極為豐富而優秀的詩歌文本外，還有多部詩學論著出版，其視點所及，關涉到現代詩從內容到形式到語言問題的各方面，且多有精湛到位的獨特見解。這也從另一方面證實了，洛夫是現代詩人中，為數不多的幾位將新詩的創作真正視為一門藝術，且經由自身的創造，有力並有效地推動了這門藝術的發展的傑出詩人之一。強烈的藝術自覺和卓越的語言才華，使洛夫不但在各類題材的處理上都能別開生面，而且遍及小詩、組詩、長詩、中型詩等各種形式，均有名篇傳世，還創立了新詩史上獨此一家的「隱題詩」形式，令詩界驚嘆！實驗性、發現性、主動性、自足性，無一不貫穿於洛夫創作實踐之始終，形成其高標獨樹的美感風範。

我們常說詩是語言的藝術，語言是詩的本質，與其泡製一百首平庸的「詩」，不如創造一個新奇的意象。如何將追求情感（以及精神和思想）奇遇的文字（作為工具的文字），轉換為「文字的奇遇」（作為與精神同構共生的文字）之追求，確乎是現代詩創作的不二要義。洛夫向有「意象大師」之稱。臺灣詩人、詩學家簡政珍在其題為〈洛夫作品的意象世界〉一文中，開篇即稱「以意象的經營來說，洛夫是中國白話文學史上最有成就的詩人。」詩學家李英豪在其〈論洛夫《石室之死亡》〉中，也指認：「洛夫是最能使意象及修辭的張力達到自給自足的一個。」確實，僅就意象而言，洛夫真可說是「興多才高」、「仗氣愛奇」，乃至不惜時而犯一些因詞害意的錯誤，尤其在前期的《石室之死亡》等作品中，甚至給人以跡近「雕琢」的印象。其實這種印象同樣是由誤讀所造成，源於總是習慣拿洛夫清明疏雋的中晚期詩風，與前期的意象繁複作簡單比較，褒此貶彼，以便得出「回頭是岸」的推論。豈不知這同樣是洛夫的一體兩面。當「魔」則魔，當「禪」則禪，「魔」則繁複，「禪」者清簡，且都服從於生命形態的精神呼求，形神互生，思言並行。在《石室之死亡》中，相應於「一片碎裂的海」和「炸裂的太陽」之精神形態，詩的語言張力皆被撕扯分割於局部，著力於句構，不求謀篇，是以意象密集，氣息沉鬱，有濃得化不開的語境，讀之處處怵目，步步驚魂。在這樣的閱讀感受衝擊中，實則一些看似「雕琢」的地方，也讓人覺得是迫於強烈的創造欲望、且可訴諸於此時此地之語境的水到渠成的「雕」或「琢」，並非不得已而為之的生硬造做。

當然，最能體現洛夫整體美感風範的，還是其中、後期亦即「白色路向」的詩風，人們大多都傾心於此，也有其審美意義上的合理性。在這一路向中，創作主體逐漸從社會角色、歷史角色的困厄中超脫出來，懸置文化身份，潛沉生命本真，純以詩心禪意，親近自然，落視日常，亦嘯亦吟，無適無莫，由「魔」之詩而人之詩，其思其言其道其情，自有一種合於人們閱讀期待的親和性和普適性。心境的轉換自然帶來語境的轉換——由豐而簡，由博而約，對於有「語言魔術師」之稱的洛夫來說，自是稍加控制便可從心所欲而澹然自澈、風神散朗。此時洛夫，其一是不拘於一詞一句的經營，注重篇構之妙，讓一首詩成為一件緊湊完整的織物，線索分明，綴飾有度。許多佳作，從字句的披沙揀金到句式的起伏迴盪，都既具匠心，又顯自然，在暢美的閱讀快感中品味悠長的餘韻；其二是合理使用意象，在敘述性語式清清簡簡疏疏朗朗地娓娓道來中，於不經意處生發意象，輝耀全篇，使熟句（非意象語）變生，生句（意象語）變熟，張弛之間，妙趣橫生。揮灑自如處，每每如書法中的飛白、國畫中的點苔，用在「關節」，點在「穴位」，令人叫絕；其三是多重視野的交叉運行，包括時間空間化，空間時間化，意象事象化，敘事理趣化，主客移位，虛實相生，明晰的抽象意義和含蓄的未限定意義互相交織，形成一種複合張力，深美宏約，有骨感而不失風韻。此三點，只是簡略言之，難窺洛夫詩美之全豹。

其實就詩的語言意義而言，最關鍵的是要有命名性，經由這樣的命名，被書寫的事物和語詞，頓時生發出新的精神光源，且無法再重複，亦即一經如此命名，就無須再說什麼——正是在這一點上，洛夫顯示了他超乎尋常的大家氣象。他的許多名篇力作，都給人以「到此為止」的感覺，亦即由他處理過的題材，似乎已再難以有別的「說法」超乎其上，所謂被他「說絕了」，如〈邊界望鄉〉、〈午夜削梨〉、〈湖南大雪〉、〈金龍禪寺〉、〈煙之外〉、〈隨雨聲入山而不見雨〉、〈回響〉、〈危崖上蹲有一隻獨與天地精神往來的鷹〉以及〈石室之死亡〉等等。可以說，閱讀洛夫、欣賞洛夫，既是一次新奇而獨特的靈魂事件的震撼，更是一次新奇而獨特的語言事件的震撼——在這樣的震撼中，我們的靈魂重歸鮮活，跳脫出類的平均數，在重新找回的那個真實的自我中，復生新的情懷、新的視野，開啟新的精神天地，而這，不正是現代詩最根本的使命和意義嗎？「激流中，詩句堅如卵石／真實的事物在形式中隱伏／你用雕刀／說出／萬物的位置」（〈詩人的墓誌銘〉）。

從五〇年代初在臺灣公開發表第一首詩〈火焰之歌〉，到九〇年代末移民加拿大後出版晚近作品集《雪落無聲》，持續半個世紀的創作，洛夫為中國現代詩史奉獻了二十多部詩集、五部詩評論集和六部詩編選集，如此豐沛的創作量，虔敬如聖徒般的創作態度，在整個二十世紀下半的中國詩壇，恐無出其右者。同時，洛夫也是風雲際會的臺灣前行代傑出詩人中，最具藝術自覺、文體意識和探索精神的一位，以至直到九〇年代花甲之年，還創造出「隱題詩」這樣「一種在美學思考的範疇內所創設而在形式上又自身具足的新詩型」（洛夫《隱題詩》自序）。詩人是一個民族精神空間的開路先鋒，詩人也更是一個民族審美空間的拓荒者。在洛夫的詩歌世界中，我們不僅能獲得強烈的、我們中國人自己的現代生命意識、歷史感懷以及古典情懷的現代重構，更能獲得融鑄了東西方詩美品質的現代漢詩之特有的語言魅力與審美感受——我是說，是詩人洛夫，讓現代中國人在現代詩中，真正領略到了現代漢語的詩性之光。在這樣的詩性之光的照耀下，彷徨於文化迷失和精神荒寒中的人們，方覺得暫時回到了「家」，並欣然傾聽……

哦！石榴已成熟，這動人的炸裂
每一顆都閃爍著光，閃爍著你的名字（〈石榴樹〉）

二〇〇〇年三月二十六日於西安

備註：
本文原為台北爾雅版《世紀詩選：洛夫》詩集之序言，沈奇教授撰寫此文時，洛夫之千行長詩傑作《漂木》尚未問世，故文中未置一詞。（編者）

前言
含十五首朗誦詩的釋意

◎洛夫

首先感謝「聯經出版公司」給我這次親自朗讀詩作的機會，在朗誦之前，我想先談一我的創作經歷、風格和主要詩觀。

我的詩創作生涯已歷半個多世紀，其中有三分之一的時間擔任《創世紀》詩刊的總編輯，這對我個人和台灣現代詩的發展，都有相當深遠的影響。我出版了三十多部詩集和評論集，也囊括了台灣所有的詩歌大獎，我早年的詩集《魔歌》曾被評選為台灣文學經典之一。由於我的風格多變、意象詭奇，在語言和形式的實驗上極富變化，故詩壇給我一個「詩魔」的稱號。我寫各種類型的詩，包括短詩、長詩、小詩、組詩，採用各種題材，有歷史的、現實的、時代的、個人內心的、戰爭的、鄉愁的等。我的創作路向大致可以分為三個時期：前期是對西方現代主義詩歌的全面探索與實驗；中期是回眸傳統，重新評估中國古典詩的價值；後期是努力追求中國與西方的接軌、傳統與現代的融合。

做為一個中國現代詩人，我思想的核心是中國的老莊哲學和禪宗的妙悟。我認為，詩人一生中在意象的經營上、在跟語言的搏鬥中，追求的終極目標是「真我」，一個內在的、最深處的我。我認為：語言既是詩人的敵人，同時又是詩人憑藉的武器。詩人最大的企圖就是要降伏語言，使它化為一切事物和人類經驗的本身。要想達到這樣的效果，詩人首先必須把自己揉入一切事物之中，使個人生命和宇宙萬物的生命合而為一。

經常有人問我：寫詩五十多年，是一種什麼力量使你堅持不懈？我的回答很簡單：寫詩完全是一種沒有現實目的、無利可圖的、非常個人的工作，使我堅持下來的是一個詩人的信念：我認為寫詩不只是一種寫作行為，而更是一種創造，價值的創造，包括詩歌境界的創造、生命內涵的創造、語言的創造。這個理念，正是驅策我追求詩藝數十年如一日的力量。

以下是這部朗誦小詩選各個作品的簡要釋意：

1. 因爲風的緣故

這首詩寫於一九八一年，是寫給我太太的。這一年在我生日的前兩天，太太向我提出要求，並撂下了狠話說：「你再不給我一首詩，我就不給你過生日。」過不過生日倒無所謂，但妻債不能欠。於是這晚上便開始在書房苦思；這時突然停電，我便點起蠟燭，天氣熱我順手打開窗戶，不料一陣風吹來，把蠟燭吹熄，室內一片黑暗，這時靈感驟發，便寫下了這首詩。這是一首情詩，曾多次在兩岸的詩會中被朗誦過，可以說是我的一首招牌詩。

2. 石室之死亡（第一首）

這是我的讀者最熟悉的一首現代長詩，共六四〇行，也算是六十四首短詩的組詩，是一九五九年八月我在金門砲戰中開始動筆的，五年後才正式出版。這首詩是我對戰爭中死亡的體驗、生與死的形而上的思考，這也是我第一次採用超現實主義的手法，來表現我生命意識的覺醒，我對直覺的、內在的原創性的追求。讀者對這首詩有不同的意見，數十年來評論不斷，北京師大任洪淵教授曾在一篇文章中，把它和T.S.艾略特的《荒原》相提並論。

〈石室之死亡〉是我創作高峰的第一塊里程碑，其次是一九七二年寫的〈長恨歌〉，以及二〇〇〇年寫的長詩〈漂木〉。

3. 金龍禪寺

這首詩寫於一九七〇年，是我的禪詩系列的一首代表作，曾多次被選入台灣各大專院校的國文課本。一九九二年，我在英國倫敦大學的「詩學會議」中發表過一篇〈超現實主義與禪〉的論文，〈金龍禪寺〉就是其中一個舉例。這首詩字面上看來很簡單，但內涵豐富而複雜，它表現出禪的妙悟，一種語言以外的東西，有著無限的想像空間。這首詩最大的特點，是通過超現實主義手法，表現一種禪趣，它的語言是沈默的，禪就在語言不存在的地方出現。〈金龍禪寺〉正是西方現代主義與中國古典詩美學結合融會的一個具體例證。

4. 邊界望鄉

這是我的鄉愁詩系列中一首傳誦兩岸、廣受讀者喜愛的代表作之一。它的創作背景是這樣的：一九七九年三月我應「詩風」社之邀訪問香港，有一天安排參觀靠近大陸的落馬洲邊界。當時輕霧朦朧，望遠鏡中的故國河山隱約可見，而耳邊響起數十年沒有聽到的鷓鴣啼叫，聲聲扣人心弦。所謂「近鄉情怯」，大概就是我當時的心境吧！

5. 午夜削梨

一九七六年十一月，我和台灣另外六位詩人，應韓國筆會之邀訪問漢城七天。由於漢城與我國東北接鄰，氣候風土人情都很相近，故訪問中容易惹起鄉愁，所以這次韓國之旅我寫了十七首詩，其中〈午夜削梨〉也是一首膾炙人口的詩。這次訪韓，我們被安排住在一家傳統式的韓國旅館，當晚氣溫零下八度，床下燒著熱坑，上面蓋著一條四十公斤重的棉被，熱得渾身是汗，只好坐起來削梨吃。這首詩是一個暗喻，說的是中韓兩個民族同樣被戰亂分割為二的悲劇命運。

6. 論女人

〈論女人〉，看標題似乎不像一首詩，它是一九七五年我寫的組詩〈煮酒四論〉中的一首，其他三首是〈論英雄〉、〈論劍〉、〈論詩〉。這三首我都不太滿意，而〈論女人〉還強差人意，主要是它說出了女人多變，非理性的性格。

很好玩的一首詩。

7. 煙之外

這首詩寫於一九六五年，快四十歲了，是我早年頗有味道的一首抒情詩，曾收入各種詩選，也曾多次在大型詩歌朗誦會上朗誦過，其中最為讀者津津樂道的是「左邊鞋印才下午／右邊鞋印已黃昏了」。這兩句是一種特殊技巧，表現時間的濃縮，與李白〈將進酒〉中的「君不見高堂明鏡悲白髮，朝如青絲暮成雪」，所使用的是同樣的手法。整首詩寫的，只是一位失戀者複雜而悲傷的內心世界。

8. 井邊物語

我曾寫過一系列的聊齋詩，也就是鬼詩。有人說，我這首〈井邊物語〉太美了，感不到一點恐怖氣氛。不過我以為最吸引人的是一種淒美，一種悲涼。這首詩背後有一個故事，有一個失意女人投井自盡的情節，情節與情境之間的關係，得靠讀者的想像去補充，所以這首詩的趣味就在言有盡而意無窮之中。

9. 雨中過辛亥隧道

這是一首以台灣現實為題材的詩，但它的內容遠遠超越了當下的現實。這首詩的內容頗為複雜，由眼前的辛亥隧道，聯想到當年的辛亥革命，出入於現實與歷史之間，同時詩中又提到子宮、魚嬰和殯儀館、亂葬崗，形成了生與死的辨證。這首詩寫於一九八三年，為了寫這首詩，為了找到穿越地道、埋葬五十秒的感覺，我曾無目的地搭乘公共汽車經過辛亥隧道十趟之多。

10. 剔牙

這是一首題材非常殘酷的詩，以一種反諷手法表現人道的關懷，選題比較特殊，第一節與二節的意象形成強烈的對比，有著強烈的戲劇性。

11. 寄鞋

本詩的釋意請參閱原詩的「後記」。

12. 寄遠戍東引的莫凡

莫凡是我的兒子，十年前曾是台灣紅極一時的「凡人二重唱」的歌手，那年服兵役被分配到外島東引。他母親非常憂慮，我則認為這是兒子在成長中自我學習的好機會。詩中的瑣瑣碎碎看似不著邊際，卻道出了一些親子之間，非散文語言所能表達的隱密情愫。台灣大學教授、詩評家張漢良曾說，這是一九八九年台灣詩壇寫得最好的一首詩。

13. 禪味

禪是什麼？禪是黑夜中劃過心靈的一道閃電，禪在哪裡？它就靜靜蜷伏在你那暖暖的燈火深處，禪的味道如何？請聽我慢慢道來。雖然有人說，禪是不可說的，但我還是要朗誦這首〈禪味〉。

14. 蒼蠅

目前中國大陸正在流行一種所謂「敘事」詩體，講求用詩來敘述事件，反對象徵，拒絕隱喻，強調直接表達的敘事性，結果把詩寫成了散文，毫無藝術的感染力。這是一個極大的誤解，誤把敘事當作詩的本質；殊不知敘事只是一種語言策略、一種表現手法。我認為好的敘事詩應有三個特性：⑴表現手法要冷靜、客觀、準確；⑵借用戲劇手法；⑶敘事詩背後應有深刻的具啟發性的涵意。為了配合這三點特性，我特別寫了這一首示範性的敘事詩〈蒼蠅〉。

15. 漂木

三千行的長詩〈漂木〉是我的詩歌創作中，一座最具思想高度而表現手法創新的里程碑，集我個人的人生體驗、宗教情懷、形而上思考和美學信念於一體。二〇〇〇年年初開始動筆，一年內我把自己關在溫哥華的雪樓，拒絕一切應酬，獨處了十一個多月，才完成這首被詩壇稱為「創中國現代詩史紀錄」的長詩，接著就在新世紀第一天（二〇〇一年元旦），在台灣《自由時報》副刊連載三個月之久，於同年八月由聯合文學出版公司正式出版。問世後驚震華語詩壇，反應熱烈，除多篇評論外，另有一篇博士論文、兩篇碩士論文。

洛夫

因為風的緣故

因為風的緣故

昨日我沿著河岸
漫步到
蘆葦彎腰喝水的地方
順便請煙囪
在天空為我寫一封長長的信

潦是潦草了些
而我的心意
則明亮亦如你窗前的燭光
稍有曖昧之處
勢所難免
因為風的緣故

因為風的緣故

昨日我沿著河岸
漫步到
蘆葦彎腰喝水的地方
順便請煙囪
在天空為我寫一封長長的信
潦是潦草了些
而我的心意
則明亮亦如你窗前的燭光
稍有曖昧之處
勢所難免
因為風的緣故

此信你能否看懂並不重要
重要的是
你務必在雛菊尚未全部凋零之前
趕快發怒、或者發笑
趕快從箱子裡找出我那件薄衫子
趕快對鏡

梳你那又黑又柔的嫵媚
然後以整生的愛
點燃一盞燈
我是火
隨時可能熄滅
因為風的緣故

此信你能否看懂並不重要
重要的是
你務必在雛菊尚未全部凋零之前
趕快發怒，或者發笑
趕快從箱子裡找出我那件薄衫子
趕快對鏡梳你那又黑又柔的嫵媚
然後以整生的愛
點燃一盞燈
我是火
隨時可能熄滅
因為風的緣故

石室之死亡（第一首）

只偶然昂首向鄰居的甬道，我便怔住
在清晨，那人以裸體去背叛死
任一條黑色支流咆哮橫過他的脈管
我便怔住，我以目光掃過那座石壁
上面即鑿成兩道血槽
我的面容展開如一株樹，樹在火中成長

一切靜止，唯眸子在眼瞼後面移動
移向許多人都怕談及的方向
而我確是那株被鋸斷的苦梨
在年輪上，你仍可聽清楚風聲，蟬聲

石室之死亡

只偶然昂首向鄰居的甬道，我便怔住
在清晨，那人以裸體去背叛死
任一條黑色支流咆哮橫過他的脈管
我便怔住，我以目光掃過那座石壁
上面即鑿成兩道血槽

我的面容展開如一株樹，樹在火中成長
一切靜止，唯眸子在眼瞼後面移動
移向許多人都怕談及的方向
而我確是那株被鋸斷的苦梨
在年輪上，你仍可聽清楚風聲，蟬聲

金龍禪寺

晚鐘
是遊客下山的小路
羊齒植物
沿着白色的石階
一路嚼了下去
如果此處降雪

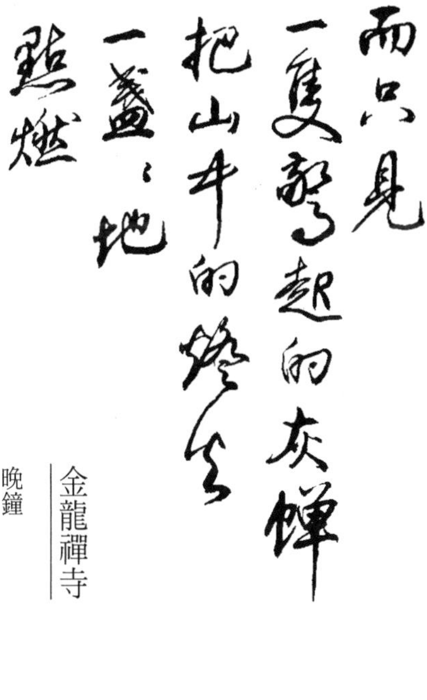
而只見
一隻驚起的灰蟬
把山中的燈火
一盞盞地
點燃

金龍禪寺

晚鐘
是遊客下山的小路
羊齒植物
沿著白色的石階
一路嚼了下去

如果此處降雪

而只見
一隻驚起的灰蟬
把山中的燈火
一盞盞地
點燃

邊界望鄉

說著說著
我們就到了落馬洲

霧正升起，我們在茫然中勒馬回顧
手掌開始生汗
望遠鏡中擴大數十倍的鄉愁
亂如風中的散髮
當距離調整到令人心跳的程度
一座遠山迎面飛來

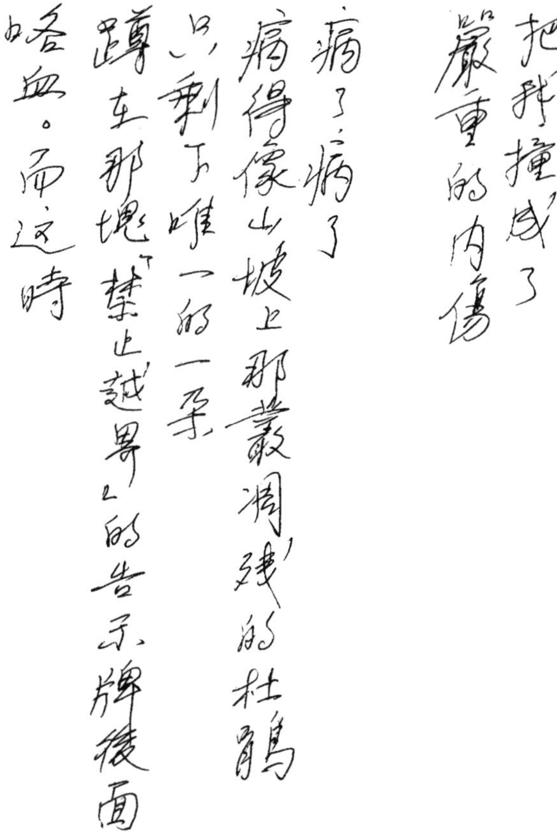
把我撞成了
嚴重的內傷
病了病了
病得像山坡上那叢凋殘的杜鵑
只剩下唯一的一朵
蹲在那塊「禁止越界」的告示牌後面
咯血。而這時

邊界望鄉

說著說著
我們就到了落馬洲

霧正升起，我們在茫然中勒馬四顧
手掌開始生汗
望遠鏡中擴大數十倍的鄉愁
亂如風中的散髮
當距離調整到令人心跳的程度
一座遠山迎面飛來
把我撞成了
嚴重的內傷

病了病了
病得像山坡上那叢凋殘的杜鵑
只剩下唯一的一朵
蹲在那塊「禁止越界」的告示牌後面
咯血。而這時

一隻白鷺從水田中驚起
飛越深圳
又猛然折了回來

而這時，鷓鴣以火發音
那冒煙的啼聲
一句句
穿透異地三月的春寒，
我被燒得雙目盡赤，血脈賁張
你卻豎起外衣的領子，回頭問我
冷，還是不冷
驚蟄之後是春分

一隻白鷺從水田中驚起
飛越深圳
又猛然折了回來

而這時，鷓鴣以火發音
那冒煙的啼聲
一句句
穿透異地三月的春寒
我被燒得雙目盡赤，血脈賁張
你卻豎起外衣的領子，回頭問我
冷，還是
不冷？

驚蟄之後是春分
清明時節該不遠了
我居然也聽懂了廣東的鄉音
當雨水把莽莽大地
譯成青色的語言
喏！你說，福田村再過去就是水圍
故國的泥土，伸手可及
但我抓回來的仍是一掌冷霧

清明時節該不遠了
我居然也聽懂了，廣東的鄉音
春雨水把莽莽大地
譯成青色的語言
喏，你說，福田村再過去就是水圍
故國的泥土，伸手可及
但，我抓回來的仍是一掌冷霧

後記：

一九七九年三月中旬應邀訪港，十六日上午余光中兄親自開車陪我參觀落馬洲之邊界，當時輕霧氤氳，望遠鏡中的故國山河隱約可見，而耳邊正響起數十年未聞的鷓鴣啼叫，聲聲扣人心弦，所謂「近鄉情怯」，大概就是我當時的心情。

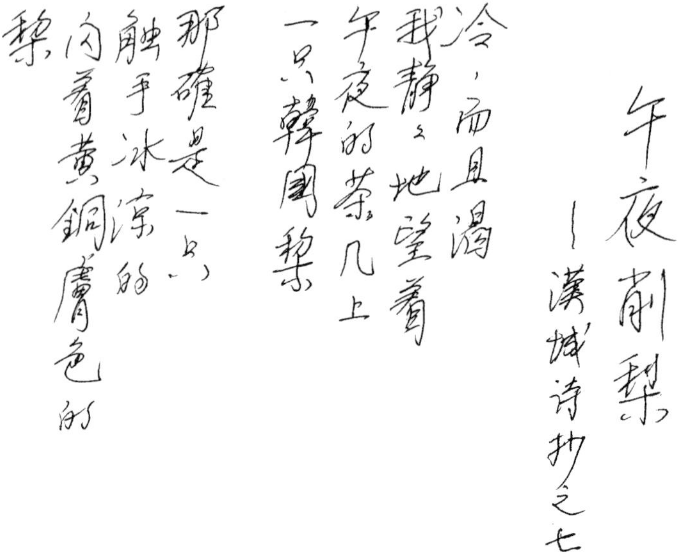
午夜削梨
——漢城詩抄之七
冷，而且渴
我靜靜地望著
午夜的茶几上
一只韓國梨
那確是一只
觸手冰涼的
閃著黃銅膚色的
梨

午夜削梨

冷而且渴
我靜靜地望著
午夜的茶几上
一只韓國梨

那確是一只
觸手冰涼的
閃著黃銅膚色的
梨

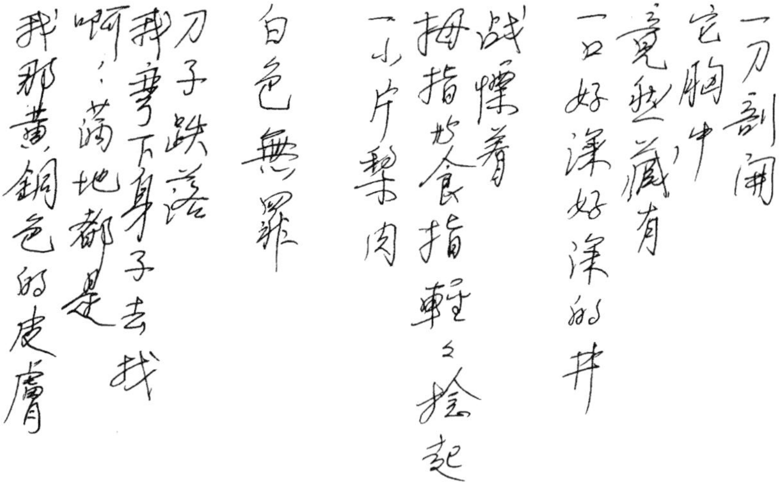

一刀剖開
它胸中
竟然藏有
一口好深好深的井
戰慄著
拇指於食指輕々捻起
一小片梨肉
白色無罪
刀子跌落
我彎下身子去找
啊、、滿地都是
我那黃銅色的皮膚

一刀剖開
它胸中
竟然藏有
一口好深好深的井

戰慄著
拇指與食指輕輕捻起
一小片梨肉

白色無罪

刀子跌落
我彎下身子去找
啊！滿地都是
我那黃銅色的皮膚

一九七六・十二・九

论女人

既非雨又非花
既非霧又非畫
既非雪又非煙
既非燈又非月
既非秋又非夏

有時名词有時動词
有時房屋有時廣場
有時天晴有時落雨
有時深淵有時淺沼
有時過程有時结局
有時驚歎有時问號

說是水，她又耕成了田
說是樹，她又躺成了湖
說是星，她又結成了鹽
說是魚，她又烤成了餅
說是蛇，她又飛成了鷹

論女人

既非雨又非花
既非霧又非晝
既非雪又非煙
既非燈又非月
既非秋又非夏

有時名詞有時動詞
有時房屋有時廣場
有時天晴有時落雨
有時深淵有時淺沼
有時過程有時結局
有時驚嘆有時問號

說是水，她又耕成了田
說是樹，她又躺成了湖
說是星，她又結成了鹽
說是魚，她又烤成了餅
說是蛇，她又飛成了鷹

一九七五・六・二十

煙之外

在濤聲中呼喚你的名字
而你的名字
已在千帆之外

潮來潮去
左邊的鞋印才下午
右邊的鞋印已黃昏了
六月原是一本很感傷的書
——落日西沉

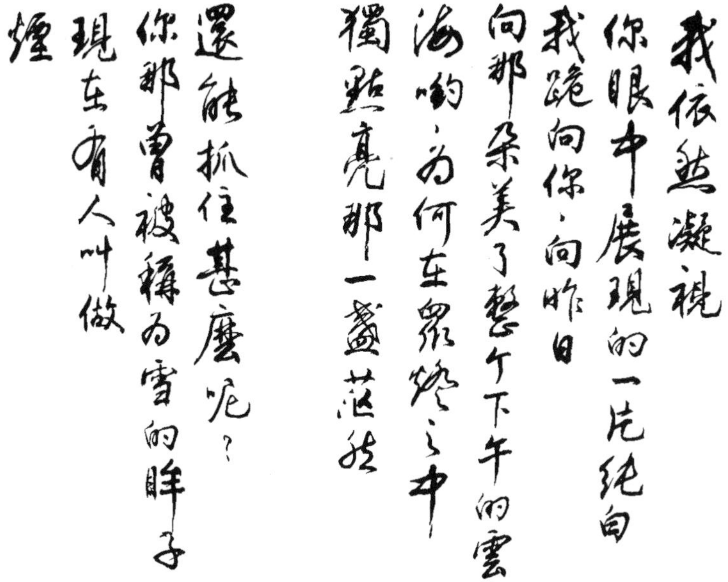
我依然凝視
你眼中展現的一片純白
我跪向你，向昨日
向那朵美了整個下午的雲
海喲，為何在眾燈之中
獨點亮那一盞茫然
還能抓住甚麼呢？
你那曾被稱為雪的眸子
現在有人叫做
煙

煙之外

在濤聲中呼喚你的名字
而你的名字
已在千帆之外

潮來潮去
左邊的鞋印才下午
右邊的鞋印已黃昏了
六月原是一本很感傷的書
結局如此之悽美
——落日西沉

我依然凝視
你眼中展示的一片純白
我跪向你，向昨日
向那朵美了整個下午的雲
海喲，為何在眾燈之中
獨點亮那一盞茫然

還能抓住什麼呢？
你那曾被稱為雪的眸子
現有人叫做
煙

一九六五・八・十

井邊物語

被一根長繩輕輕吊起的寒意
深不盈尺
而胯下咚咚之聲
似乎響自隔世的心跳
那位飲馬的漢子剛剛過去

繩子突然斷了
水桶砸了，月光碎了
井的曖昧身世
繡花鞋說了一半
青苔說了另一半

井邊物語

被一根長繩輕輕吊起的寒意
深不盈尺
而胯下咚咚之聲
似乎響自隔世的心跳
那位飲馬的漢子剛剛過去
繩子突然斷了
水桶砸了，月光碎了
井的曖昧身世
繡花鞋說了一半
青苔說了另一半

一九八七·五·二十五

雨中過辛亥隧道

入洞
出洞
這頭曾是切膚的寒風
那頭又遇徹骨的冷雨
而中間梗塞着
一小截尷尬的黑暗
辛亥那年
一排子彈穿胸而過的黑暗
轟轟

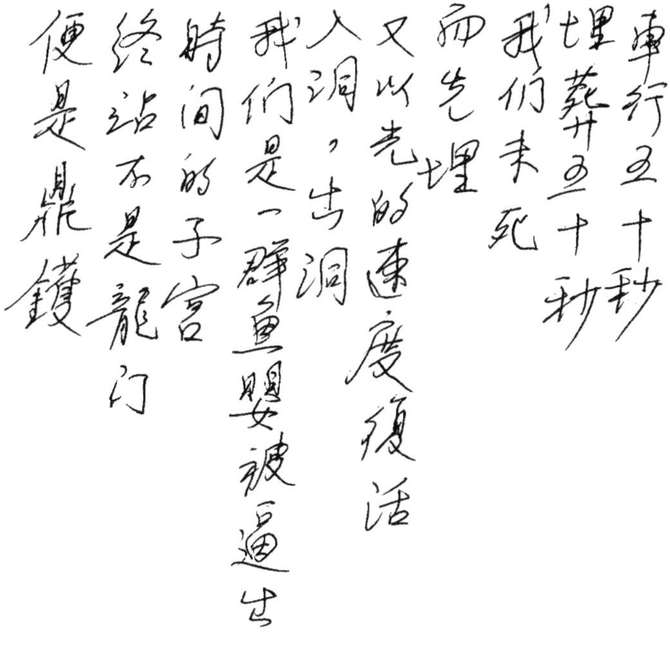
烈々
車行五十秒
埋葬五十秒
我们未死
而先埋
又以光的速度復活
入洞，出洞
我们是一群魚嬰被逼出
時间的子宮
終站不是龍门
便是鼎鑊

雨中過辛亥隧道

入洞
出洞
這頭曾是切膚的寒風
那頭又遇徹骨的冷雨
而中間梗塞著
一小截尷尬的黑暗
辛亥那年
一排子彈穿胸而過的黑暗
轟轟
烈烈
車行五十秒
埋葬五十秒
我們未死
而先埋
又以光的速度復活
入洞，出洞
我們是一群魚嬰被逼出
時間的子宮
終站不是龍門
便是鼎鑊

我們是千堆浪濤中
一海一湖一瓢一掬中的一小滴
隨波　逐
一種叫不出名字的流
浮亦無奈
沈更無奈
倘若這是江南的運河該多好
可以從兩岸
聽到淘米洗衣刷馬桶的水聲
而我們卻倉皇如風
竟不能
在此停船暫相問，因為
因為這是隧道

我們是千堆浪濤中
一海一湖一瓢一掬中的一小滴
隨波　逐
一種叫不出名字的流
浮亦無奈
沈更無奈
倘若這是江南的運河該多好
可以從兩岸
聽到淘米洗衣刷馬桶的水聲
而我們卻倉皇如風
竟不能
在此停船暫相問，因為
因為這是隧道

通往辛亥那一年的隧道
玻璃窗外，冷風如割
如革命黨人懷中鋒芒猶在的利刃
那一年
酒酣之後
留下一封絕命書之後
他們便揚着臉走進歷史
再也沒有出來
那一年
海棠從厚厚的覆雪中
掙扎出一匹帶血的新葉

通往辛亥那一年的隧道
玻璃窗外，冷風如割
如革命黨人懷中鋒芒猶在的利刃
那一年
酒酣之後
留下一封絕命書之後
他們便揚著臉走進歷史
就再也沒有出來
那一年
海棠從厚厚的覆雪中
掙扎出一匹帶血的新葉

車過辛亥隧道

轟轟

烈烈

埋葬五十秒

也算是一種死法

烈士先埋而未死

也算是一種活法

入洞

僅僅五十秒

我們已穿過一小截黑色的永恆

留在身後的是

血水滲透過最後一頁戰史的

滴答
出洞是六張犁的
切膚而又徹骨的風雨
而且左邊是市立殯儀館
右邊是亂葬崗
再過去
就是清明節

車過辛亥隧道
轟轟
烈烈
埋葬五十秒
也算是一種死法
烈士們先埋而未死
也算是一種活法
入洞
僅僅五十秒
我們已穿過一小截黑色的永恆
留在身後的是
血水滲透最後一頁戰史的
滴答
出洞是六張犁的
切膚而又徹骨的風雨
而且左邊是市立殯儀館
右邊是亂葬崗
再過去
就是清明節

一九八三・六・二

剔牙

中午
全世界的人都在剔牙
以潔白的牙籤
安詳地在
剔他們
潔白的牙齒

依索匹亞的一群兀鷹

從一堆屍体中
飛起
排々蹲在
疏朗的枯樹上
也在剔牙
以一根根、瘦小的
肋骨

剔牙

中午
全世界的人都在剔牙
以潔白的牙籤
安詳地在
剔他們
潔白的牙齒

依索匹亞的一群兀鷹
從一堆屍體中
飛起
排排蹲在
疏朗的枯樹上
也在剔牙
以一根根瘦小的
肋骨

一九八五・四・三十

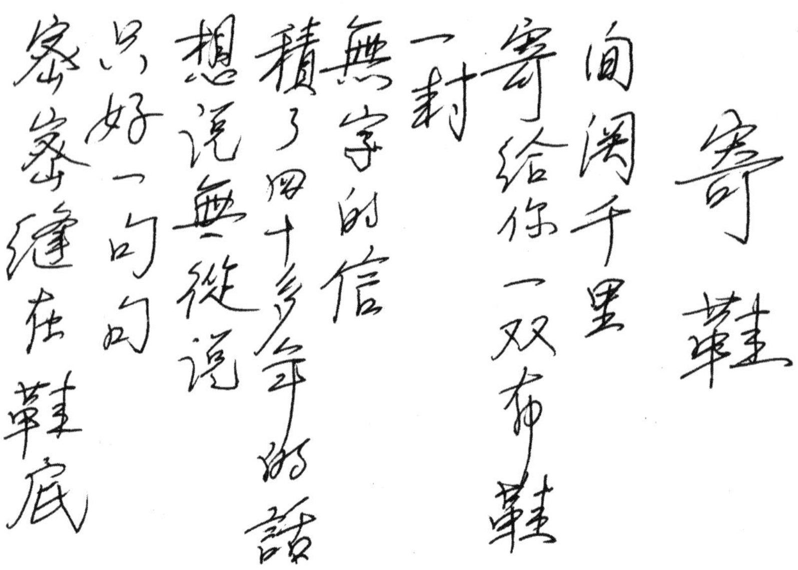

寄鞋

間關千里
寄給你一雙布鞋
一封
無字的信
積了四十多年的話
想說無從說
只好一句句
密密縫在鞋底

這些話我偷偷藏了很久
有幾句藏在井邊
有幾句藏在廚房
有幾句藏在枕頭下
有幾句藏在午夜明滅不定的燈火裡
有的風乾了

這些話我偷偷藏了很久
有幾句藏在井邊
有幾句藏在廚房
有幾句藏在枕頭下
有幾句藏在午夜明滅不定的燈火裡
有的風乾了

有的生霉了
有的掉了牙齒
有的長出了青苔
現在一一收集起來
密密縫在鞋底
鞋子也許嫌小一些
我是以心裁量
以童年
以五更的夢裁量

有的生霉了
有的掉了牙齒
有的長出了青苔
現在一一收集起來
密密縫在鞋底

鞋子也許嫌小一些
我是以心裁量
以童年
以五更的夢裁量
合不合腳是另一回事
請千萬別棄之
若敝屣
四十多年的思念
四十多年的孤寂
全都縫在鞋底

合不合腳是另一回事
請千萬別棄之
若敝屣
四十多年的思念
四十多年的孤寂
全都縫在鞋底

後記：

好友張拓蕪與表妹沈蓮子自小訂婚，因戰亂在家鄉分手後天涯海角，不相聞問已逾四十年；近透過海外友人，突接獲表妹寄來親手縫製的布鞋一雙。拓蕪捧著這雙鞋，如捧一封無字而千言萬語盡在其中的家書，不禁涕淚縱橫，欷歔不已。現拓蕪與表妹均已老去，但情之爲物，卻是生生世世難以熄滅。本詩乃假借沈蓮子的語氣寫成，故用字較爲淺白。

寄遠戍東引的莫凡

從激切的琴聲中
我聽到
你衣扣綻落，皮膚脹裂的聲音
啤酒屋裡
性徵與豪語同驚四座
之後是聯考，補習班
是鬧鐘和腦細胞的叛逆
是春天
春天裡內分泌的大革命

之後是失戀
頻頻用冷水洗頭
孩子，搞戀愛怎能像搞夕陽工業
想必這個夏季
你又草草度過
亦如我這
以語字鎔鑄時間的人
汗水攪拌過的意象
一句也未發酵

寄遠戍東引的莫凡

從激切的琴聲中
我聽到
你衣扣綻落，皮膚脹裂的聲音
啤酒屋裡
性徵與豪語同驚四座
之後是聯考，補習班
是鬧鐘和腦細胞的叛逆
是春天
春天裡內分泌的大革命
之後是失戀
頻頻用冷水洗頭
孩子，搞戀愛怎能像搞夕陽工業
想必這個夏季
你又草草度過
亦如我這
以語字鎔鑄時間的人
汗水攪拌過的意象
一句也未發酵

睡在
兇猛的海上
只怕夢
也會把枕頭咬破
風，搞不清楚從那個方向來
你說：冷
只好裹緊大衣
抱住火熱的槍
下半夜，以自瀆的頻率
顯示成長

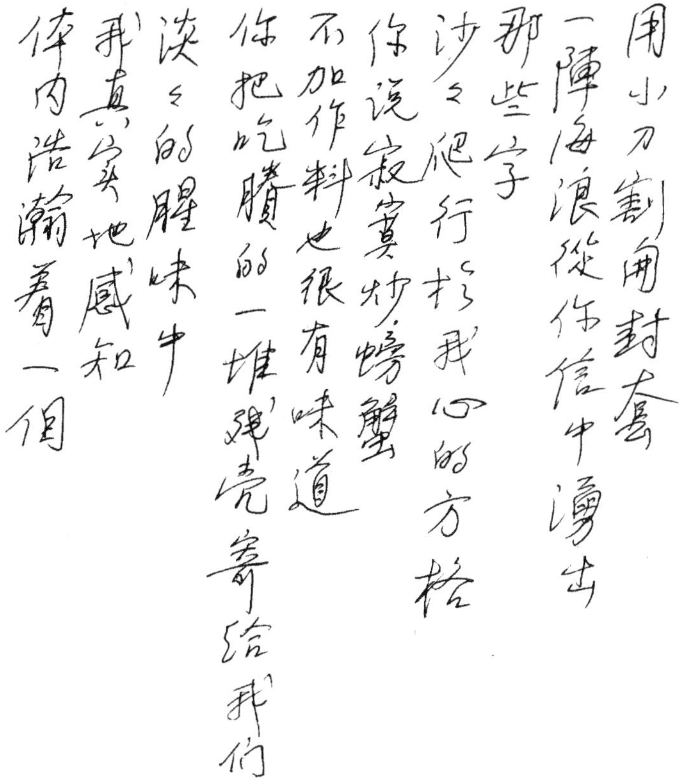
用小刀割開封套
一陣海浪從你信中湧出
那些字
沙々爬行於我心的方格
你說寂寞炒螃蟹
不加作料也很有味道
你把吃賸的一堆殘殼寄給我們
淡々的腥味中
我真實地感知
體內浩瀚著一個

睡在
兇猛的海上
只怕夢
也會把枕頭咬破
風，搞不清楚從那個方向來
你說：冷
只好裹緊大衣
抱住火熱的槍
下半夜，以自瀆的頻率
顯示成長

用小刀割開封套
一陣海浪從你信中湧出
那些字
沙沙爬行於我心的方格
你說寂寞炒螃蟹
不加作料也很有味道
你把吃賸的一堆殘殼寄給我們
淡淡的腥味中
我真實地感知
體內浩瀚著一個

宿命的
孤絕的
海

成長中你不妨試著
以鬍鬚，假牙，以及虛胖
以荊棘的慾望
以一面受傷的鏡子
以琴弦斷的一室愀然
以懸崖上眺望夕陽時的冷肅

去理解世界
刀子有時也很胆小
掉進火中便失去了牠的個性
切切記住：
眾神額頭上的光輝
大多是疤的反射
想想世人靈魂日漸鈣化的过程
便夠你享用一生

宿命的
孤絕的
海

成長中你不妨試著
以鬍渣，假牙，以及虛胖
以荊棘的慾望
以一面受傷的鏡子
以琴弦乍斷的一室愀然
以懸崖上眺望夕陽時的冷肅
去理解世界
刀子有時也很膽小
掉進火中便失去了它的個性
切切記住：
眾神額頭上的光輝
大多是疤的反射
想想世人靈魂日漸鈣化的過程
便夠你享用一生

秋涼了，你說：
燈火中的家更形遙遠
我匆匆由房間取來一件紅夾克
從五樓陽台
向你扔去
接著：
這是從我身上摘下來的
最後一片葉子

秋涼了，你說：
燈火中的家更形遙遠
我匆匆由房間取來一件紅夾克
從五樓陽台
向你扔去
接著：
這是從我身上摘下來的
最後一片葉子

後記：

吾兒莫凡已到了服兵役的年齡，從抽籤分配到外島東引服役，這純係机率問題，無可怨尤，但他的母親總不免有愛子發配荒疆的感覺，拳拳關懷之情可想而知，我則較重視子女成長中所需自我學習和客觀環境磨練的過程。詩中瑣瑣碎碎，看似不着邊際，卻道出一些親子之間非散文語言所能表達的隱密情愫。時值深秋，愁結難宣，且以詩作書，既寄情遠戍的親子，也寫我自己蒼涼的老懷。

禪味

禪的味道如何？

當然不是咖啡之香
不是辣椒之辛
蜂蜜之甜
也非苦瓜之苦
更不是紅燒肉那麼艷麗、性感
那麼膩人
說是鳥語
它又過份沉默
說是花香

它又帶點舊袈裟的腐朽味
或許近乎一杯薄酒
　一杯淡茶
或許更像一杯清水
其實，那禪麼
經常赤裸裸地藏身在
我那只
滴水不存的
杯子的
空空裡

禪味

禪的味道如何？
當然不是咖啡之香
不是辣椒之辛
蜂蜜之甜
也非苦瓜之苦
更不是紅燒肉那麼艷麗，性感
那麼膩人
說是鳥語
它又過份沉默
說是花香
它又帶點舊袈裟的腐朽味
或許近乎一杯薄酒
　一杯淡茶
或許更像一杯清水
其實，那禪麼
經常赤裸裸地藏身在
我那只
滴水不存的
杯子的
空空裡

蒼蠅

一隻蒼蠅，繞室亂飛。偶而停在壁鐘的某個數字上，時間在走，牠不走。牠是時間以外的東西，最難抓住的東西。我躡足追去，牠又飛了，棲息在一面白色的粉牆上。搓搓手，搓搓腳，警戒的複眼近乎深藍，睥睨我這虛幻的存在。揚起掌，我悄悄向牠逼近。搓搓手，搓搓腳，這時牠肯定渴望一杯下午茶。牠的呼吸，深深牽引著宇宙的呼吸搓搓手，搓搓腳……

我冷不防一掌拍了下去，嗡的一聲，牠又從

指縫間飛走了，而
牆上我那碎裂沾血的影子
急速滑落

蒼蠅

一隻蒼蠅
繞室亂飛
偶爾停在壁鐘的某個數字上
時間在走
牠不走
牠是時間以外的東西
最難抓住的東西
我躡足追去，牠又飛了
棲息在一面白色的粉牆上
搓搓手，搓搓腳
警戒的複眼、近乎深藍
睥睨我這虛幻的存在
揚起掌
我悄悄向牠逼近
搓搓手，搓搓腳
牠肯定渴望一杯下午茶
牠的呼吸
深深牽引著宇宙的呼吸
搓搓手，搓搓腳……
我冷不防一掌拍了下去
嗡的一聲
牠又從指縫間飛走了

而，牆上我那碎裂沾血的影子
急速滑落

二〇〇四・六・廿五

漂木（長詩）

—第三章「瓶中書札之一：致母親」

第二節

我，天涯的一束白髮
雪水洗白的，這之前
秋風洗白的
在秋風中流竄的
曳光彈洗白的
戰爭，那年在夢的迴廊揚棄了一隻
我便跟它走了

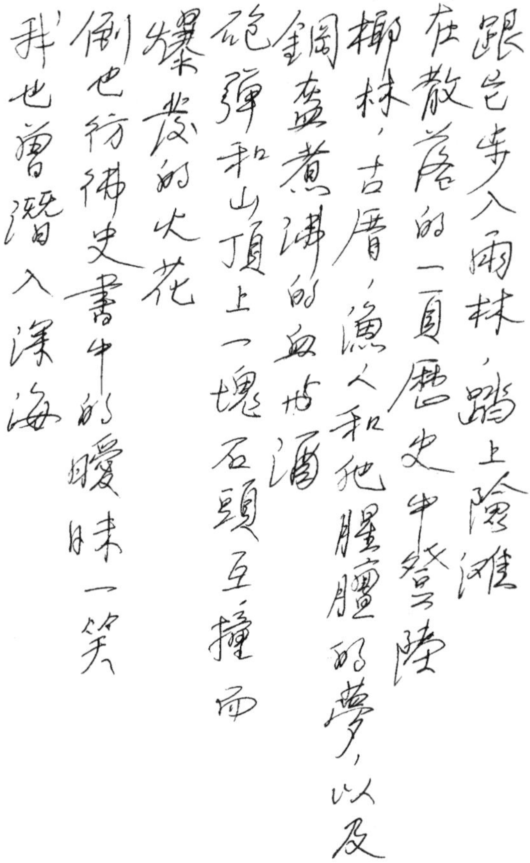
跟它步入雨林，踏上險灘
在散落的一頁歷史中登陸
椰林，古厝，漁人和他腥膻的夢，以及
鋼盔煮沸的血與酒
砲彈和山頂上一塊石頭互撞而
爆發的火花
倒也彷彿史書中的曖昧一笑
我也曾潛入深海

漂木
第三章「瓶中書札之一：致母親」第二節

我，天涯的一束白髮
雪水洗白的，這之前
秋風洗白的
在秋風中流竄的
曳光彈洗白的
戰爭，那年在夢的迴廊拐彎處
我便跟它走了
跟它步入雨林，踏上險灘
在散落的一頁歷史中登陸
椰林，古厝，漁人和他腥膻的夢，以及
鋼盔煮沸的血與酒
砲彈與山頂上一塊石頭互撞而
爆發的火花
倒也彷彿歷史書中的曖昧一笑
我也曾潛入深海

捕捉那隻吐血的烏賊
我一低眉
便看到帽簷下的死亡
果然有人拋起一塊雪白冰冷的手帕
把昨日
把你和我和和整個世界的聲音的憤怒
輕輕蓋住
一次之隔
時間之外
我擁有的僅僅一瞬
而你已超越了子嗣、宗廟的族群的
一箱又黑又破的裙子
超越了房屋的錢幣

超越了榮譽與羞辱
你點燃它們然後穿過熊熊的火焰走向遠方
你燃燒自己
讓清白留給化灰的骨殖
因而你也超越了大地，莊稼，牲口
超越了蚯蚓
吞食泥土而
排泄百年孤寂的蚯蚓

捕捉那隻吐血的烏賊
我一低眉
便看到帽簷下的死亡
果然有人拋起一塊雪白冰冷的手帕
把昨日
把你和我和整個世界的聲音與憤怒
輕輕蓋住
一水之隔
時間之外
我擁有的僅僅一瞬
而你已超越了子嗣與宗廟與族群，與
一箱又黑又破的裙子
超越了房屋與錢幣
超越了榮譽與羞辱
你點燃它們然後穿過熊熊的火焰走向遠方
你燃燒自己
讓清白留給化灰的骨殖
因而你也超越了大地，莊稼，牲口
超越了蚯蚓
吞食泥土而
排泄百年孤寂的蚯蚓

你越過了抽屜和記憶
黑白照片、鏡線盒、萬金油
乾癟的壁虎尸体。最后翻出一個
脫落而永遠無法縫上的黑鈕扣之夢
你越過了
遺忘

於是你抵達另一個驛站
那裡有着令你不安的
陌生的靜謐
你分不清楚
這一次是進入，抑或退出？

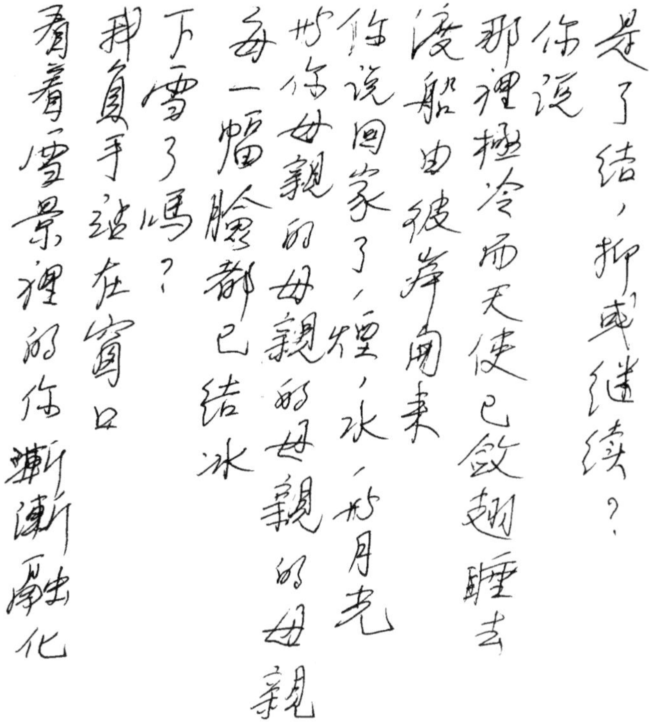

是了結，抑或繼續？
你說
那裡極冷而天使已斂翅睡去
渡船由彼岸開來
你說回家了，煙，水，與月光
與你母親的母親的母親的母親
每一幅臉都已結冰
下雪了嗎？
我負手站在窗口
看著雪景裡的你漸漸融化

你超越了抽屜和記憶
黑白照片，針線盒，萬金油
乾癟的壁虎屍體。最後翻出一個
脫落而永遠無法縫上的黑鈕扣之夢
你超越了
遺忘

於是你抵達另一個驛站
那裡有著令你不安的
陌生的靜謐
你分不清楚
這一次是進入，抑或退出？
是了結，抑或繼續？
你說
那裡極冷而天使已斂翅睡去
渡船由彼岸開來
你說回家了，煙，水，與月光
與你母親的母親的母親的母親
每一幅臉都已結冰
下雪了嗎？
我負手站在窗口
看著雪景裡的你漸漸融化

一隻鶴
向漠々的遠方飛去
這時我驟然轉过身來
看到坐在林间的自己
默々地讀着你
裝在鏡框裡的那一句
虛懸了很久的
唇語：
在那病了的年代
貧血、便秘、腎虧、在那

以呼〻萬歲換取糧食的革命歲月中
我唯一遺留給你的是
一條綴了一百多個補釘，其中
餵養了八百隻蝨子的棉襖
和一個
偉大而帶血腥味的信仰

一隻鶴
向漠漠的遠方飛去
這時我驟然轉過身來
看到坐在床邊的自己
默默地讀著你
裝在鏡框裡的那一句
虛懸了很久的
唇語：
在那病了的年代
貧血，便秘，腎虧，在那
以呼萬歲換取糧食的革命歲月中
我唯一遺留下來的是
一條綴了一百多個補釘，其中
餵養了八百隻蝨子的棉襖
和一個
偉大而帶血腥味的信仰

洛夫書目（一九五七～二〇〇三）

壹、詩集

- 《靈河》：一九五七年十二月台北創世紀詩社出版，一九五七年七月獲台灣「中國新詩聯誼會」贈予最佳創作獎。
- 《石室之死亡》：一九六五年一月台北創世紀詩社出版。
- 《外外集》：一九六七年八月台北創世界詩社出版。
- 《無岸之河》：一九七〇年三月台北大林書店出版，一九七〇年十月發行三版。
- 《魔歌》：一九七四年十二月台北中外文學月刊社出版，一九八一年六月再版。
- 《洛夫自選集》：一九七五年五月台北黎明文化公司出版，已發行六版。
- 《眾荷喧嘩》：一九六七年五月新竹楓城出版社出版，發行三版。
- 《時間之傷》：一九八一年六月台北時報出版公司，一九八二年獲中山文藝創作獎。
- 《釀酒的石頭》：一九八三年十月九歌出版社出版，其中〈血的再版——悼亡母詩〉於一九八二年獲中國時報中國文學推薦獎，一九八四年四月三版。
- 《因為風的緣故——洛夫詩選（一九五五～一九八七）》：一九八八年六月台北九歌出版社出版，為洛夫三十二年來的總選集。
- 《石室之死亡——及相關重要評論》：一九八八年六月台北漢光文化公司出版。

- 《愛的辯證——洛夫選集》：一九八八年九月香港文藝風出版社出版。
- 《詩魔之歌——洛夫詩作分類選》：一九九〇年二月廣州花城出版社出版。
- 《月光房子》：一九九〇年三月台北九歌出版社出版，一九九一年三月獲國家文藝獎。
- 《天使的涅槃》：一九九〇年四月台北尚書文化出版社出版。
- 《葬我於雪》：一九九二年二月北京中國友誼出版公司出版。
- 《洛夫詩選》：一九九三年三月北京中國友誼出版公司出版。
- 《隱題詩》：一九九三年三月台北爾雅出版社出版。
- 《我的獸》：一九九三年五月北京中國文聯出版公司出版。
- 《夢的圖解》：一九九三年十月台北書林出版公司出版，由舊作選編而成。
- 《雪崩——洛夫詩選》：一九九三年十月台北書林出版公司出版，由舊作選編而成。
- 《石室之死亡》（英譯本）：美國漢學家陶忘機（John Balcom）教授翻譯，一九九四年十月美國舊金山道朗出版社出版（Taoran Press）。
- 《洛夫小詩選》：一九九八年八月台北小報文化公司出版。
- 《洛夫精品》：一九九九年十月北京人民文學出版社出版。
- 《雪落無聲》：一九九九年六月台北爾雅出版社出版。
- 《形而上的遊戲》：一九九九年九月台北駱駝出版社出版。
- 《魔歌》（書法詩集典藏版）：一九九九年十一月台北探索文化公司出版。
- 《洛夫・世紀詩選》：二〇〇〇年五月台北爾雅出版社出版。
- 《漂木》（長詩）：二〇〇一年八月台北聯合文學出版社出版，已三版。
- 《洛夫短詩選——中英對照》：二〇〇一年八月香港銀河出版社出版。

- 《洛夫禪詩》：二〇〇三年五月台北天使學園文化公司出版。
- 《洛夫詩鈔——手抄本》：二〇〇三年八月未來書城出版。

貳、散文集

- 《一朵午荷》：一九八二年七月台北九歌出版社出版，已發行七版。
- 《洛夫隨筆》：一九八五年十月台北九歌出版社出版。
- 《一朵午荷——洛夫散文選》：一九九〇年十月上海文藝出版社出版。
- 《落葉在火中沉思》：一九九八年七月台北爾雅出版社出版。
- 《洛夫小品選》：一九九八年八月台北小報文化公司出版。
- 《雪樓隨筆》：二〇〇〇年十月台北探索文化公司出版。

參、評論集

- 《詩人之鏡》：一九六九年五月台灣大業書店出版。
- 《洛夫詩論選集》：一九七七年一月台灣開源出版公司出版，曾為南部某出版社多次盜印。
- 《詩的探險》：一九七六年六月台北黎明文化公司出版，實為《洛夫詩論選集》的再版。
- 《孤寂中的回響》：一九八一年七月台北東大圖書公司出版。
- 《詩的邊緣》：一九八六年八月台北漢光文化公司出版。

肆、翻譯集

- 《第五號屠宰場》（Slaughter House No.5）：美國當代小說家馮內（Kurt Vonnegut）著，中譯本於一九七五年六月由台北星光出版社出版。
- 《雨果傳》（Victor Hugo and His World）：法國作家安德烈・莫洛亞（Andre Maurois）著，本書係譯自英文版，一九七五年十二月台北志文出版社出版。
- 《約翰生傳》（The Life of Samuel Johnson）：英國傳記作家包斯威爾（James Boswell）著，洛夫與羅珞珈合譯，一九七七年二月台北志文出版社出版。
- 洛夫譯作另有《季辛吉評傳》、《亞歷山大傳》、《邱吉爾傳》、《心靈小語》、《心靈雋語》等書，因與文學無關，不予列載。

伍、洛夫研究集

- 《石室之死亡——及相關重要評論》：侯吉諒編，一九八八年六月台北漢光文化公司出版，除原詩外，另附評論十篇。
- 《詩魔的蛻變——洛夫詩作評論集》：蕭蕭主編，一九九一年四月台北詩之華出版社出版，收錄二十四篇，七十餘萬字。
- 《洛夫論》：一九九一年九月廣州中山大學中文系研究生陝曉明碩士論文，四萬字。
- 《洛夫與台灣現代詩》（LO FU And Contemporary Poetry From Taiwan）：一九九三年七月美國

• 聖魯易士華盛頓大學中國與比較文學研究生John Balcom之博士論文，全書三百六十四頁。

• 《洛夫與中國現代詩》：暨南大學中文系教授費勇著，一九九四年二月台北三民書局出版。

• 《洛夫評傳》：龍彼德著，一九九五年六月南京大學出版社出版。

• 《洛夫現代詩研究》：一九九六年台灣師範大學國文研究生潘文祥碩士論文，全書十五萬字。

• 《一代詩魔洛夫》：龍彼德著，一九九八年十一月台北小報文化公司出版。

• 《洛夫詩的用字及句式特色研究》：二〇〇〇年六月台灣清華大學語言學系研究生林孟萱碩士論文，五萬餘字。

• 《焦慮與反抗——洛夫詩新解》：二〇〇二年四月廣西師大中文系研究生向憶秋碩士論文，八萬餘字。

• 《悲劇的主體價值體驗——洛夫〈漂木〉詮釋》：二〇〇二年八月台灣彰化師大國文研究生曾貴芬碩士論文，八萬餘字。

• 《漂泊的奧義：洛夫論》：少君著，二〇〇三年九月北京中國戲劇出版社出版（此書亦為作者之博士論文）。

• 《洛夫：詩·魔·禪》：錢運軍、向憶秋合著，二〇〇四年七月中國文化出版公司出版。

後記

在時間流，之上

◎顏艾琳

年輕時與洛夫接觸，懵懂而自以為是。翻開一九九五年為了與洛夫對談而做的筆記，上頭寫著：「……不必解釋〈石室之死亡〉的晦澀與意義，如果把詩列為純粹藝術的一種，那麼有些作品將可省略過多的註解。比如畫、雕刻……」我還為自己的膚淺誤讀強編理由：「詩，有些原本不具『具象化』的條件，乃以『意』或者說是『念』為主導，每人的動念不同、程度有別，而賞詩猶如個人參禪。」

其實這又是誤讀洛夫的一種。

洛夫的詩一直讓人誤讀著，這代表他被貼上過多的標籤，給人多元思考、甚至迷亂的混沌狀態。筆記上我還紀錄著：「洛夫是綜合性的全方位詩人。前衛、超現實、禪味、中國傳統的抒情、西方的哲思、後現代，文字與形式的開發者。他的詩緊抓著現代感，有時令人透不過氣來，但那些預留空間的禪詩，則又放得很有意境。洛夫在詩中裝潢排設的功力，不論是熱鬧的西方裝置藝術，抑或簡潔而意味深遠的東方情調，都有令人拍案稱絕的表現。」

讀洛夫的詩，我是越長越覺得心驚。以前以為〈石室之死亡〉的艱澀難解，是他在那個流行「超現實」時代不得不的表現，甚至是刻意的書寫手段。但後來我嫁給金門籍的吳鈞堯之後，在金門人的聚會中才知道：洛夫的夫人陳瓊芳是金門的名門閨秀、而〈石室之死亡〉最前面幾節，都是砲戰時期躲在石室坑道寫下的。

這些年洛夫旅居溫哥華，每次返台都會聚聚，他與夫人看到我們都笑說：「我是金門的半子（女婿），妳是金門媳婦，我們兩對加起來，是三個金門人。」也因為多次的相聚言談，我知道大師伉儷在金門的過往故事、創作〈石室之死亡〉彷如生命遺書般的心情經歷、寫〈漂木〉的理念背景……從前的誤讀轉為對他的生命與作品的深度瞭解，也讓我對洛夫有更高的敬仰。

說來我跟洛夫的緣是結得很早的。十六歲時初讀大師作品、十七歲有幸參與「因為風的緣故」洛夫詩的聲光盛會、十九歲在舊書店買到《魔歌》，竟夾有一張一九六〇年代他在花蓮太魯閣公路的獨照（問洛夫，亦不知何人所攝、何人擁有）、二十出頭適逢大師與前輩策劃「詩的星期五」，找我做了幾次的座談人、在洛夫作品研討會上由我擔任座談人……大師給我以及多位後輩，除了作品提供寫詩的養分之外，還有太多的提攜與點滴記憶。

這次能為洛夫策劃，將他的詩、書法、手寫稿、聲音，創作背景說明……以一種較全面的呈現方式出版為典藏版，獲得他的稱可之後，對於我的特殊要求，他都十分配合。還要感謝莫凡兄，在CD後製的工程作業戮心戮力，並提供了一首那麼動人心弦的音樂；此次堪稱他們父子聯手，重新演繹〈因為風的緣故〉一詩，獻給瓊芳師母的禮物。

〈因為風的緣故〉已經是華文現代詩最經典的情詩之一了！我也相信，洛夫的詩在時間流之上，永遠會被新鮮的讀者傳誦、誤獨、側解、導讀……

文學留聲1

因為風的緣故

2005年8月初版　　定價：新臺幣320元

著者　洛夫
發行人　林載爵

出版者　聯經出版事業股份有限公司
台北市忠孝東路四段555號
台北發行所地址：台北縣汐止市大同路一段367號
電話：(02)26418661
台北忠孝門市地址：台北市忠孝東路四段561號1-2樓
電話：(02)27683708
台北新生門市地址：台北市新生南路三段94號
電話：(02)23620308
台中門市地址：台中市健行路321號
台中分公司電話：(04)22312023
高雄辦事處地址：高雄市成功一路363號B1
電話：(07)2412802
郵政劃撥帳戶第0100559-3號
郵撥電話：26418662
印刷者　世和印製企業有限公司

叢書主編　顏艾琳
　　　　　邱靖絨
校對　劉洪順
封面設計　翁國鈞

行政院新聞局出版事業登記證局版臺業字第0130號

本書如有缺頁，破損，倒裝請寄回發行所更換。
ISBN 957-08-2904-4（精裝附光碟）
聯經網址 http://www.linkingbooks.com.tw
信箱 e-mail:linking@udngroup.com

國家圖書館出版品預行編目資料

因為風的緣故 / 洛夫著．--初版．
--臺北市：聯經，2005年（民94）
96面；14.8×21公分．（文學留聲：1）

ISBN 957-08-2904-4(精裝附光碟)

851.486　　94013271

雛菊尚未全部凋零之前趕快畫

或者帶笑趕快從箱子裡找出

我那件薄衫子趕快對鏡梳你那

黑又柔的嫵媚然後以態生的愛

點燃一盞燈我是人

隨時可能熄滅因為風的緣故

昨日，我沿著河岸漫步到蘆葦
彎腰喝水的地方順便請煙囪在天
空為我寫一封長長的信潦是潦草
了些而我的心意則明亮亦如你窗
前的燭光稍有曖昧之處勢所難免
因為風的緣故此信你能否看懂